Vente du Samedi 4 Février 1882.

HOTEL DROUOT, SALLE N° 5.

ANCIENNES

PORCELAINES DE SAXE

ET DE SÈVRES

FAIENCES — SCULPTURES — OBJETS VARIES

ÉTOFFES ET BRODERIES

EXPOSITION PUBLIQUE

LE JOUR DE LA VENTE, DE MIDI A DEUX HEURES

COMMISSAIRE-PRISEUR

M⁰ PAUL CHEVALLIER, Succ' de M⁰ CHARLES PILLET

10, RUE DE LA GRANGE-BATELIÈRE

EXPERT

M. CHARLES MANNHEIM, 7, rue Saint-Georges

CATALOGUE

DES ANCIENNES

PORCELAINES DE CHINE

ET AUTRES

TELLES QUE

Vases; Coupes; Bols; Jardinières, etc.
Écuelle en vieux Sèvres, pâte tendre; sculptures en bois et en ivoire;
Quelques faïences;
Objets variés; Broderies et Tapisseries au point

ÉTOFFES ANCIENNES

DONT LA VENTE AURA LIEU

HOTEL DROUOT, SALLE N° 5

Le Samedi 4 Février 1882

A deux heures.

———————+>>>✳<<<+———————

COMMISSAIRE-PRISEUR

Mᵉ Paul CHEVALLIER, Succʳ de Mᵉ Charles PILLET

10, RUE DE LA GRANGE-BATELIÈRE

Expert : M. CHARLES MANNHEIM, 7, rue St-Georges.

Chez lesquels se trouve le présent catalogue.

———————+>>>✳<<<+———————

Exposition Publique, le Jour de la vente

De midi à deux heures.

CONDITIONS DE LA VENTE

Elle sera faite au **comptant.**

Les acquéreurs payeront *cinq pour cent* en sus des en-
chères.

L'exposition mettant le public à même de se rendre compte de
l'état des objets, il ne sera admis aucune réclamation une fois
l'adjudication prononcée.

Paris. — Typ. PILLET et DUMOULIN, 5, rue des Grands-Augustins.

DÉSIGNATION DES OBJETS

PORCELAINES DE CHINE

1 — Petit vase cylindrique en vieux chine décoré de poissons nageant dans les flots, en rouge de fer.

2 — Vase en grès jaspé violet garni de quatre petites anses à la partie supérieure de la panse.

3 — Petit vase balustre, à deux anses formées d'anneaux en grès émaillé à figures et ornements. Travail japonais.

4 — Deux petits vases balustres en émail cloisonné du Japon sur porcelaine.

5 — Petit vase en forme de balustre ovale de plan et à deux anses en céladon vert d'eau à ornement gaufrés et médaillons de fleurs et inscriptions en rouge de cuivre.

6 — Deux jardinières en forme de baril en porcelaine de Chine, décorées de fleurs gravées et émaillées en couleurs sur fond jaune.

7 — Cornet en vieux chine décoré d'arbustes et de rochers en émaux de la famille verte.

8 — Deux vases en forme de balustre en grès de la Chine soufflé bleu et vert.

9 — Vase à col droit et à deux anses en porcelaine de Chine jaspée violet.

10 — Flambeau en porcelaine de Chine décoré de fleurs, d'oiseaux et d'ornements en émaux de la famille verte.

11 — Vase rouleau en vieux chine décoré d'arbustes et de fleurs en couleurs sur fond à imbrications rouges.

12 — Vase de même forme décoré de personnages émaillés en couleurs.

13 — Vase décoré de fleurs en camaïeu bleu.

14 — Vase en forme de balustre à deux anses, têtes chimériques, à décor d'ornements en camaïeu brun.

15 — Potiche à couvercle en ancienne porcelaine de Chine décorée de figures dans des paysages en émaux de la famille verte.

16 — Flacon carré en céladon vert et craquelé.

17 — Vase balustre à côtes en porcelaine de Chine fond jaune Nankin et décor d'ornements émaillés.

18 — Vase balustre en porcelaine de Chine fond rouge
haricot.

19 — Cornet à panse renflée en porcelaine de Chine décoré
de dragons émaillés vert.

20 — Autre cornet décoré de fleurs arabesques en bleu
sur blanc.

21 — Cornet carré à décor émaillé en couleurs à fleurs
et ornements.

22 — Flacon à panse carrée en poterie du Japon à décor
de fleurs et ornements émaillés en couleurs.

23 — Vase balustre en poterie du Japon à ornements gaufrés en relief et émaillés bleu turquoise sur fond violet.

24 — Petit vase balustre à fleurs gaufrées, émaillé bleu
turquoise et col émaillé violet.

25 — Vase en forme de balustre en porcelaine de Chine
émaillé rouge haricot.

26 — Petit vase en forme de balustre en céladon bleu turquoise.

27 — Petit vase de même forme en vieux chine, décoré de
dragons chimériques et de fleurs.

28 — Petit vase balustre aplati à deux anses en céladon
bleu turquoise.

29 — Petit cornet décoré de dragons et de fleurs émaillés en couleurs.

30 — Deux pièces : Flacon décoré de figures et d'ornements émaillés et petit vase à col étrcit décoré de fleurs en bleu sur blanc.

31 — Deux pièces : Flacon carré et sucrier sans couvercle décorés de figures et de paysages émaillés en couleurs.

32 — Deux pièces japonaises : bouteille émaillée et petit vase à ornements gaufrés émaillés violet sur fond bleu turquoise.

33 — Trois pièces : Cornet en porcelaine blanche à ornements gravés sous émail et deux gobelets décorés d'oiseaux et d'ornements en rouge et or.

34 — Jardinière carrée en porcelaine de Chine, décorée de grecques en bleu sur blanc.

35 — Huit jolis bols ou coupes en porcelaine de la Chine fond jaune gravé et médaillons de paysages et figures émaillés en couleurs.

36 — Six bols analogues à fond vert clair.

37 — Huit bols de même qualité à fond bleu.

38 — Joli bol fond amaranthe gravé et médaillons attributs finement émaillés.

39 — Sept bols décorés d'oiseaux et de dragons finement émaillés en couleurs.

40 — Deux jardinières évasées en émail cloisonné du Japon sur porcelaine, décorées de fleurs et d'ornements.

41 — Jardinière de même travail un peu plus haute et à médaillons réservés en porcelaine.

42 — Quatre petits bols en ancienne porcelaine de Chine fond capucin uni à l'extérieur et décorés à l'intérieur de fleurs et d'ornements en émaux de la famille rose.

43 — Bol en poterie de Kanga à fond émaillé vert.

44 — Bol en ancienne porcelaine de Chine gaufré à bâtons rompus à fond vert et médaillons de fleurs en rouge et or.

45 — Deux bols; l'un en porcelaine craquelée, l'autre à fond jaune et ornements émaillés.

46 — Bol et tasse présentoir en porcelaine mince à décor de fleurs et ornements finement émailllés.

47 — Quatre plateaux forme feuille violet uni.

48 — Deux pièces en porcelaine de Chine à décor émaillé : Boîte de forme lenticulaire et cuvette à deux anses.

49 — Deux boîtes ou sucriers ronds en porcelaine du Japon, l'une à décor en bleu et rouge, l'autre incrustée d'émail cloisonné.

50 — Deux pièces : compotier à pans et plateau sur piédouche.

51 — Trois petits bols ronds et profonds en poterie du Japon, l'un d'eux décoré de personnages.

52 — Trois théières en terre de Boccaro garnies en cuivre.

53 — Deux théières en ancienne porcelaine de Chine à décor finement émaillé.

54 — Autre théière en vieux chine à fond émaillé noir.

55 — Deux théières ; l'une en porcelaine du Japon formée d'une carpe et l'autre en poterie à paysage émaillé.

56 — Trois pièces en vieux chine : deux pots à crème et un flacon à thé.

57-62 — Cinquante-quatre jolies tasses et soixante-six soucoupes en ancienne porcelaine de Chine dont quelques pièces à fond noir. Ce lot sera divisé.

63 — Quatre jolis petits plateaux à sucre en ancienne porcelaine de Chine à décor émaillé.

64 — Deux petites jardinières en porcelaine moderne du Japon, l'une de forme carrée et l'autre surbaissée.

65 — Onze belles assiettes en ancienne porcelaine de
Chine décorées de figures de cavaliers dans des paysages et d'ornements au marli, le tout finement
émaillé.

66 — Huit assiettes en vieux japon à décor en bleu,
rouge et or.

67 — Six assiettes décorées de fleurs et d'ornements en
émaux de la famille verte.

68 — Cinq assiettes à décors variés.

69 — Plat rond en porcelaine moderne du Japon décoré
de fleurs et d'ornements.

70 — Cinq pièces : trois compotiers et deux plateaux
garnis en osier.

71 — Petite coupe à double enveloppe en porcelaine de
Chine et décor émaillé.

72 — Boîte ronde à quatre compartiments en porcelaine
de Chine à décor émaillé.

73 — Quatre petites jardinières en porcelaine du Japon à
décors variés.

74 — Quatre pièces : trois petits vases et un brûle-par-
fums.

PORCELAINES DIVERSES

75 — Petit groupe de deux enfants en biscuit.

76 — Diverses soucoupes en ancienne porcelaine tendre de Saint-Cloud.

77 — Jolie écuelle en vieux Sèvres pâte tendre décorée de jetés de fleurs.

78-79 — Diverses tasses et soucoupes en porcelaine de Sèvres.

80 — Cabaret en porcelaine de Sèvres fond bleu et décor d'or.

FAIENCES

81 — Plaque cintrée à sa partie supérieure décorée de têtes de chérubins en relief et à bordure d'ornements bleus. Moustiers.

82 — Plateau à contours et à galerie à jour en faïence d'Avignon émaillée brun.

83 — Plat en faïence de Pull, reproduction du plat de Briot.

84 — Plat du même ; la Belle Jardinière.

85 — Autre plat du même décoré d'entrelacs et de
rosaces.

86 — Plat rond en faïence marbrée.

87 — Plateau présentoir composé de sept parties et ac-
compagné de six tasses et d'un sucrier en ancienne
faïence de Moustiers décoré de grotesques en camaïeu
vert.

88 — Figure en ronde-bosse de saint Guillaume en
prière.

SCULPTURES

89 — Ivoire. Grand et beau Christ du xviie siècle.

90 — Cire peinte. — L'Enfant Jésus. La tête est en cire
peinte et le corps en étoffe lamée d'argent.

91 — Bois. — Chapiteau de pilastre finement sculpté.

92 — Bois. — Buste en bas-relief de Frédéric, duc de
Saxe. Travail dans le style du xviie siècle.

93 à 96 — Ivoire. — Divers bas-reliefs des xviie et
xviiie siècles.

97 — Cire. — Bas-relief sans fond : Apollon et Marsyas.

OBJETS VARIÉS

98 — Lot d'amulettes égyptiennes en terre émaillée.

99 — Quatre divinités égyptiennes, dont trois en terre émaillée et une en bois.

100 — Cachet en forme de vase en cristal de roche.

101 — Grand et beau verre à pied en deux parties, décoré d'armoiries en or sur fond marbré et orné d'un buste doré rapporté.

102 — Poignée d'épée en acier ciselé et damasquiné d'or. xviiie siècle.

103 — Navette en acier ciselé à fleurs et ornements sur fond damasquiné d'or. Époque Louis XV.

104 — Deux modèles de lampes à chaînes en filigrane d'argent.

105 — Deux petits chevaux en filigrane d'argent.

106 — Porte-cure-dents en forme de cage en argent.

107 — Deux statuettes chinoises en pâte peinte et étoffe.

108 — Applique en cuivre ciselé et doré avec tête rapportée en relief. Le Christ assis et bénissant. xiiie siècle.

109 à 112 — Diverses miniatures des xviie et xviiie siècles sur cuivre et sur vélin.

113 — Bas-relief en étain : la Fuite en Égypte.

114 — Deux médaillons ronds en étain du xvie siècle, dont l'un représente le sujet de Diane et Actéon.

115 — Deux petits vases ovoïdes en albâtre oriental sur socles garnis de bronze doré.

116 — Deux petits vases en spath fluor garnis de bronze doré.

117 — Petit cartel en forme de pyramide en bronze ciselé et doré. Époque Louis XVI.

118 — Vase en bronze en forme de balustre à deux anses chimériques et couvert d'ornements en relief. Travail chinois.

TAPISSERIES ET ÉTOFFES

119 à 125 — Quantité de morceaux de tapisserie au point pour sièges et écrans, du temps de Louis XIV.

126 à 128 — Morceaux d'étoffe brodée et brochée des XVIIe et XVIIIe siècles.

129 à 132 — Divers tableaux brodés en soie du temps de Louis XVI, représentant des sujets variés.